不定愁訴の地球

yumi hirose

広瀬由実

文芸社

不定愁訴の地球 ❦ もくじ

装画　金子 宙生
本文イラスト　渡辺　彰

第I部　不定愁訴の地球

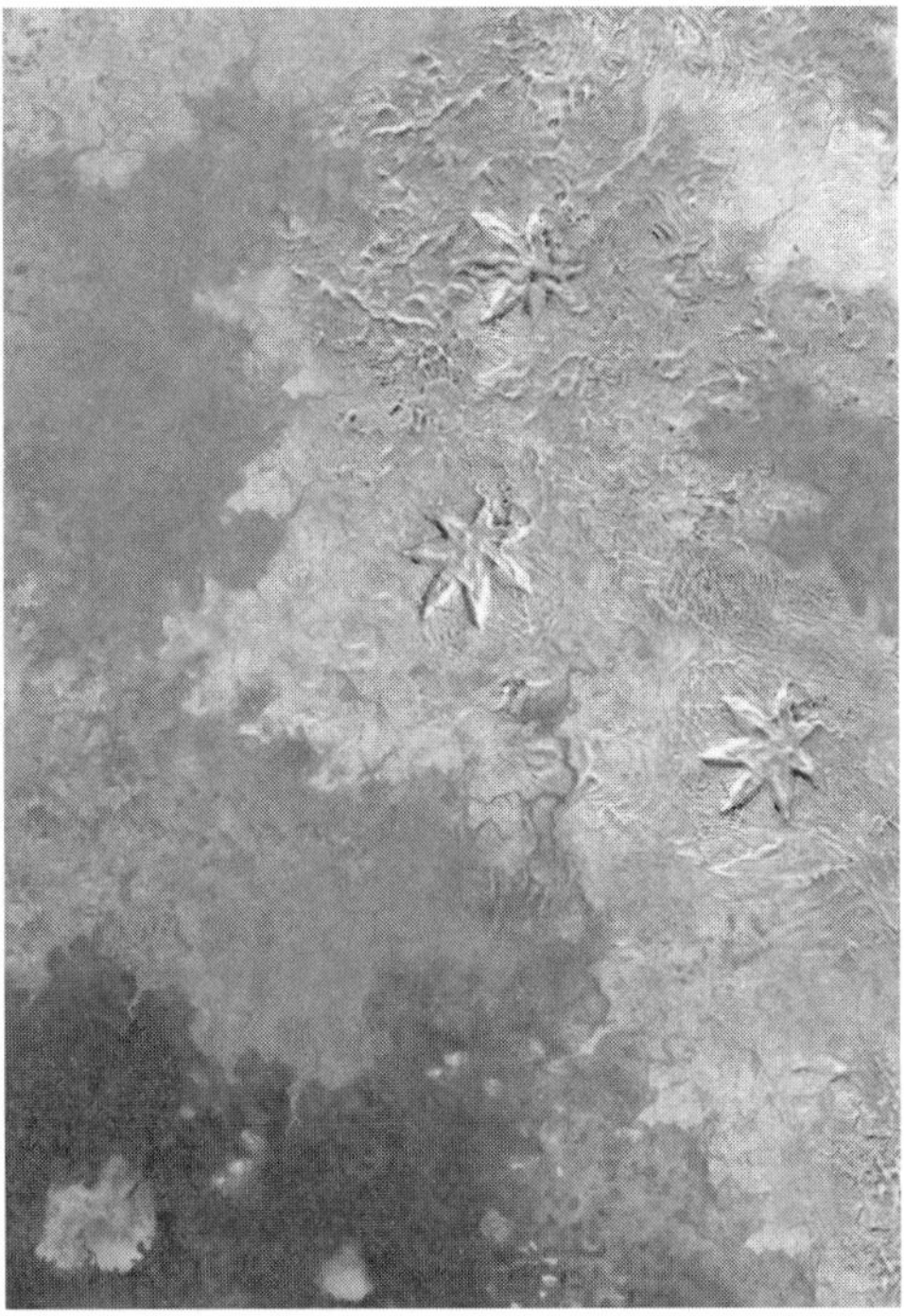

1・共生の場

地球に育まれている生命の共生の場に
あちらこちらで異変が生じているという
アメリカでは鰐のペニスが小さくなったり
鳥の嘴《くちばし》が曲がってしまったりと報じている
ヨーロッパでは野生生物の激減や生殖障害が起こり

全体にメス化していると報じている
そして　このままでは人類の未来が危ういと
環境問題に取り組んでいる人々がいる
しかし　鰐や鳥に影響が出たからと言って
人間に影響があるかどうかはわからないと
異論を唱える人も多いという

2・環境

環境破壊　絶滅の危機　これらの言葉も
使われるようになってから　すでに久しい
伐採《ばっさい》によって森林が消えてゆき
酸性雨は木々を枯死させる
真剣に活動をしている人々をよそに

環境という言葉の重さを

これくらいにしか認識していなかった

でもまだ大丈夫という思いがどこかにあって

人ごとであった　遠くの問題であった

3・汚染

けれど　思いがけない程身近に
金属や合成化学物質は生活の中に入り込み
水の中にも　空気の中にも
ついには食品の中にまで汚染はすすみ
結果は確実に表われてきている

頭痛やしびれ　冷え　低体温
数えきれない程の不定愁訴
更年期障害とも見紛《みまが》うその裏側で
自ら作り出した物たちの
復讐を受けようとしている
加害者であると同時に
被害者となる日はそこまで来ている

4・危機

怖いと思うことは蓄積もあるということ
一年二年　二十年三十年と黙して語らず
事態は進行しているのに　それに気付かず
母親に蓄積されたものは　母乳を通して子供にいく
また　母親に守られていると思われていた胎盤《たいばん》も

必ずしも有害物質から胎児を守りきれていないという
子供達は生まれてくる以前から戦っているのだ
絶滅の危機　その中に
人類の未来が含まれていると
何人の人が認識しているだろうか

5・攻撃

地球が滅亡する程の核を持ち
その愚かしさに気付いた人々は
人類滅亡の凶器とならぬよう
声を大にして戦ってきた
しかし　科学技術万能主義は

利便性ばかりを追求し
発展は止まるところを知らない
その粋を集めた物たちは
二十世紀の顔とばかりに往来し
深く巧妙に日常に入り込んでいる
その裏側で　静かに　静かに
人々への攻撃は始まっていたのだ
文明の進んだ所ほど激しさを増して

6・肉体

肉体というのは正直で潔壁らしい
重畳しているからとても難しいが
環境を反映させ　心を反映させる
その肉体が今　悲鳴をあげて
よしとされてきた　これまでの時代を

拒否しているように思えるのだ
病気はここから始まるとばかりに
万病を詰め込んだ箱の蓋が開く
そして　医療も食するものも空気さえも
まるで襲ってくるかのように感じられる時が
すぐそこまでやってきている

7・不調和

幸福の絶頂にいると　それを信じきれないで
不幸を予測してしまうことがある
すばらしいはずの二十世紀の終りに
その繁栄を信じきれず
不調和を感じている人々がいる

これまで築いてきたものが
実は　間違いだらけだったということに
気付き始めてしまったのかも知れない
上出来だと思っていた答案用紙が
返されてみたら　間違いだらけだった時のような
ショックを感じているのだ

8・地球もまた

不調和は人々を身構えさせ萎縮させる
子宮は血の涙を流しつづけ
心臓は不整脈を打ちつづけている
記憶力も集中力もなかば失い
尊厳を保つことさえ苦しいほど

打ちのめされている人々
その人々を支えている地球もまた
不定愁訴に悩まされているように
思えるのだ

9・橋

新しい世紀への橋を　人々は
無事に渡ることができるだろうか
大きな時代の幕開けを前にして
子供達は苦しみに喘《あえ》いでいるように見える
大人達は地獄絵図を描いているように思える

医療技術の進歩のもと　臓器移植も始まって
魂が怯《おび》えているようにも感じられる
二十一世紀への橋を　人々は
無事に渡ることができるだろうか

10・進化

何度も何度も　絶望と出会いながら
悠久の年月を　進化を重ねて
生命はここに存在している
近年世を騒がせている　O－157や耐性菌もまた
未来への生存を賭けて　進化をして

ここに存在している
行き詰まったかのように見える二十世紀の終り
人類滅亡も囁《ささや》かれる　この世紀末に
O－157や耐性菌でさえも
現れて教えているではないか
人々よ　進化せよと

11・希望

進化　それは希望
それは　愛の念《おも》いの中に
あるのかも知れない
科学時代にそんなことをと
人は笑うかも知れない

けれど　愛の念いの中に
それはあるのかも知れない
愛の念いが道を拓《ひら》き
愛の念いが時代を変え
愛の念いが未来を創る
それは新しい世紀への橋を渡るチケット
それが進化と呼べるものになるのだと

12・愛に満ち満ちて

あゝ　新月の夜の漆黒の宇宙空間
何も見えないこの空間さえも
愛に満ち満ちていたのだ
苦しみ踠《もが》いている人々も
喘《あえ》いでいるように見える子供達も

進化と希望を託された人々であったのだ
戦争　地震　環境汚染
異常気象　ｅｔｃ.
生命の共生の場　地球の
不定愁訴を救うのは
あなた

第Ⅱ部　思い出から

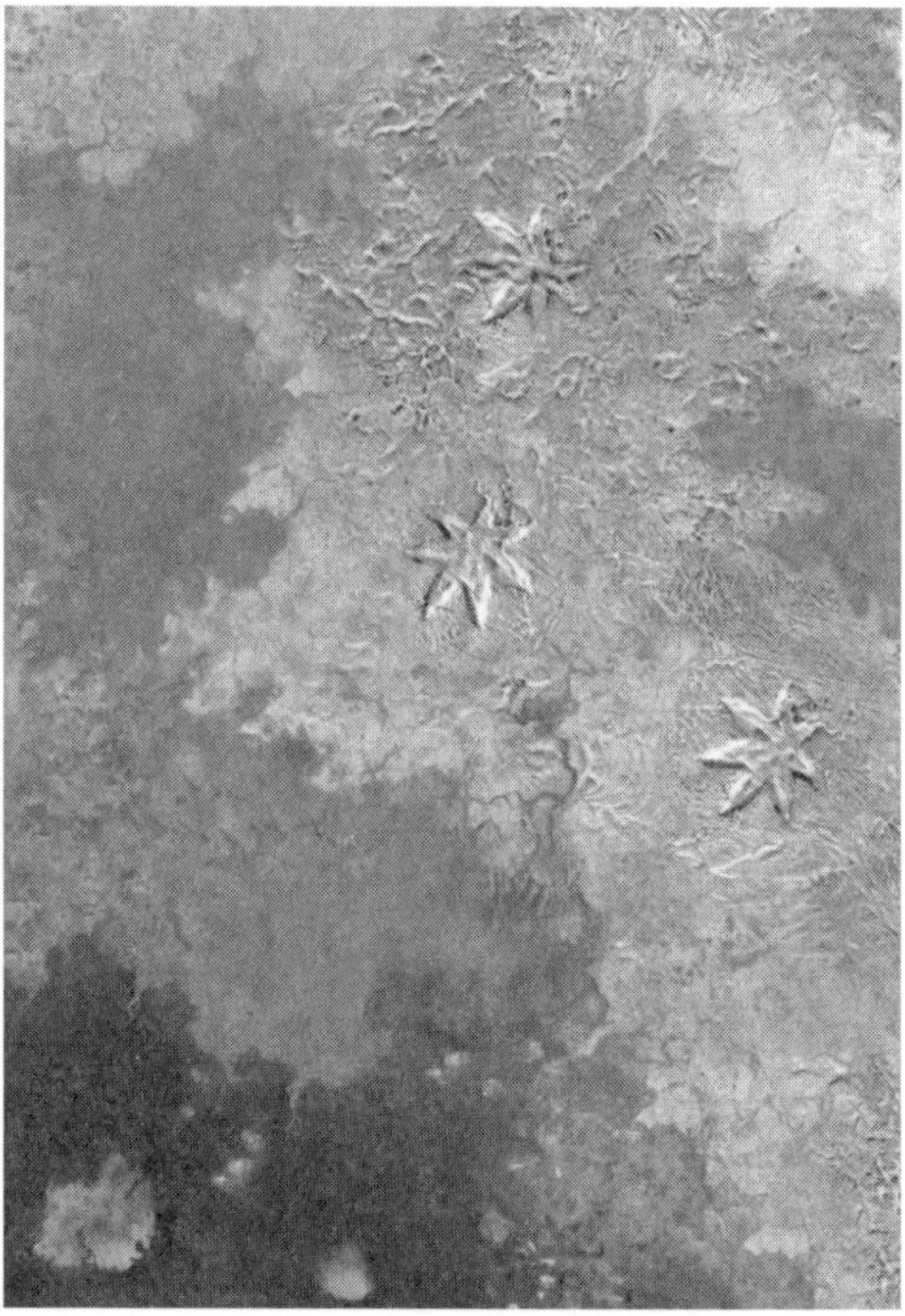

白鷺の森は何処に

昔　子供の頃
近くに小さな森があって
その中の数本の大木が
白鷺の塒《ねぐら》となっていた
夜が明けると数羽ずつ
群をなして散ってゆき
夕方にはあちらこちらから
急いで森に帰って来る
太陽の沈む頃には鳥達の
夜への準備も整って
木々はまるで白い花が咲いたように

実にみごとであった

あの頃　緑の田や川には
白鷺の餌をあさる姿があり
一幅の絵を見るような美しさがあった
十数年後　砂利道は補装され
絶え間なく車が往来し
雑草の生い茂っていた農道までも
アスファルトに被われていた
農薬の散布された田や川には
ドジョウやザリガニが少くなり
白鷺を見かけることなど
ほとんどなくなっていた
そしてカラスが森を騒がせ

近くには田の一部を埋め立てて
ゴミの山ができていた

あの白鷺たちは何処に
塒《ねぐら》を求めただろうか
きれいな森や田や川を
見つけることができただろうかと
心から心配した
それからまた　十数年
田舎に帰ってみると
あの森は何処にもない
木立のあった所には
マンションが立ち並び
すっかり様変わりしていた

かつて暗い木影にあった
森の入口のお地蔵さまだけが
まわりを小ざっぱりときれいにして
眩しそうに佇んでいた
どこか寂しそうに微笑んでいた

トンボの複眼《め》

絡《から》んだクモの糸が解けなくて
トンボが一匹震えている

子供たちの声がひときわ高くなって
いちばん背の高い子供の手が
ジャンプして巣を破る
トンボはオレンジ色に輝いて
重そうに羽根を震わせ
風に乗って去っていく

やがて子供たちの声も静かになると
追いかけて飛んでみたいと
ふと思う

昼と夜の間の静寂《しじま》を
トンボの複眼《め》で眺めてみたら
世界はいくつに見えるだろうか

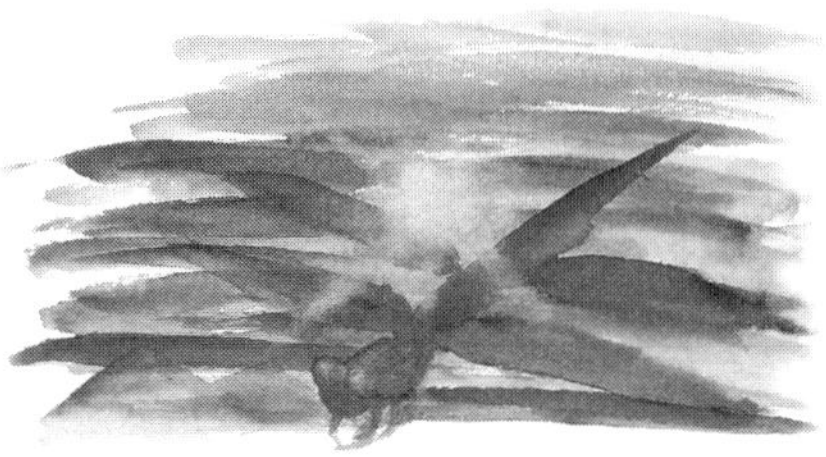

月見草

「月見草の咲く瞬間が見たいね」って
誰かが言う
「見たいね」「見たいね」
「でもー」「遅くなるからー」と
口々に言う
家路とは反対の方向に
一人が自転車を走らせると
皆それで決まりというように
川原へ急ぐ
日も落ちて
麦藁帽子は自転車の籠《かご》の中

雑草の上に降り立つと
すでに夜露でしっとりしている
いよいよ花弁が開くその瞬間を
見逃すまいと瞬《まばた》きをこらえ息を殺して
じっと見つめる
あちらこちらで微かに
はらっと空気が震えたような気がして
川原はいよいよ黄色に輝く
遊び過ぎた帰り路
叱られることを覚悟して
皆急に寡黙《かもく》になり
ひたすら自転車をこぐ
昨日のことのように思い出される
子供の頃の夏の思い出

野火

黄昏《たそがれ》は利根の川面に淡く広がり
煙りを重くたなびかせて燃える野火
小さな雑草も水辺の葦も
思い出を留めたその生の形骸を焼く
やがて北風は野面を吹き抜け
陽射しは徐々に凍った土を温めよう
灰となった残骸の滋養は
新しい生命となって染みわたり
大地を打つ雨音は
深い眠りの眼を覚まそう

夕闇は利根の川面に迫り来て
遠く赤々と燃える野火

土蔵の中

土蔵の中の思い出は
人形遊びにかくれんぼ
薄暗がりの幽霊ごっこ
黄昏《たそがれ》は静かに

土蔵の中にも忍び込み
無邪気に遊ぶ子供らに
過去の視線が絡《から》み合う
大きな口を開いた闇への恐怖は
執拗に彼らを追いかけ
長い影は先行する
小さな高い西の窓から

差し込む夕陽
仄《ほの》かな記憶が子供らを
急に家路へと駆り立てて
再び土蔵の中は静まり返る
だが夜ともなれば
忘れられた人形や
子供たちの嬌声が
闇の中に犇《ひし》めき合って
土蔵の中は今もなお
思い出のささやき声で
いっぱいなのです

葬儀屋カラス

太陽の温もりの
届かぬうちに
大地の水の
浸さぬうちに
急いで葬儀を
終わらせよう

だが太陽は
降り注ぎ
肥沃な大地に水は

潤《うるお》い
時を待つ
はじけるばかりの
黒い種子

萌芽と同時に
啄《ついば》む悦楽
すでに微かな
陽の香り
舌の上で
とろりととろけ
種子はそのまま
時を失う

青々と繁る葉よりも
今芽吹こうとする
黒い種子が
私は好き

水の宝石

たどり着いた所は
空の果てでも
深海の底でも
なかった

たどり着いた所に死体など
ころがってなかった
凍りついた世界でも
なかった

蒔《ま》かれたばかりの種子を
啄《ついば》むカラス　肥沃な大地
太古の昔からそうしていたように
降り注ぐ太陽が
あった

真夜中に遊んだ絵解きパズルも
上昇を知らない壊れたエレベーターも
今では駆け抜けていった
懐かしい
遠景《パノラマ》

窓辺の草の
葉先に揺れる水滴は
微かな光を吸収し　そして放ち
かつて胸元を飾ったどの宝石よりも
輝いている

長い長い夢の中から

鮮やかに彩られた
時の流れを止めて
もうこれ以上
寸断できない程に
千切る

生彩に満ちていた時は
無表情の灰白色に変わり
無限の過去からの
認識と経験を

粉砕する

時の死が
同じ時をして
時の生に変わり
長い長い夢から
目覚める

なにもかも
夢の中と同じなのに　新しく
寂光の中の時の流れに
微かに生命の足音が
聞こえる

三月の午後の散歩

まだ肌寒い
三月の午後の散歩
けれど南面の土手は
寝ころぶと
穏やかで暖かい
目を閉じると
太陽の残像が
瞼《まぶた》の内側いっぱいに
影のように現れて
巨大な黒い円から
みるみる小さく

果てしなく遠くなり
極小点から突然
光に変わる

長いトンネルの
先に現れた光の束が
今度は一気に広がり
眼前に迫り来て
まるで遊んでいるように
繰り返す
やがて光はゆっくりと
無限に広がり
わたしは一個の
小さな小さな

点になる

どれくらいの時間が
流れただろうか
ほんの一瞬だったような
気もするし
あるいは長い時間
だったかも知れない
ゆっくりと瞼《まぶた》を開くと
先程の強烈な光は無く
もちろん影も無く
柔らかいいつもの
日射し

夏を待ちきれずに
羽目を外した
太陽と
雑草の伸びる音が
聞こえてきそうな
土手の上で
緩《ゆる》やかな時間が
戯れる
三月の午後の散歩

春の心象

化石に春の息吹を吹きかけたら
ふたたび生命の活動が始まって
巨大なビルは崩れ落ちる
これは仮想だけの世界であろうか

心の化石に春の息吹を吹きかけてみよう
風船がはじけるように
すべてのものが消え去って
生命が光となって立ちのぼる

光は眠っている者たちを目覚めさせ
風は希望を告げ知らせる
あまりに眠りの深い者たちには
嵐となって揺り起こす

めざめよめざめよ
地球という名の巨大なビルよ
文明という名の巨大なビルよ
そしてめざめよ風船たちよ

祖母の死という

もうリンゲルの注射はいらないと
死を受け入れようとしている
祖母は九十一歳
機能の止まりかけた
老という苦しみを受け止めて
消え入るような温もりと鼓動を
その手に微かに伝えている
言葉はなくてさよならを言った
その目はもう開かない
深く刻まれた皺《しわ》の奥には
安らぎさえも感じさせて

思い出だけが駆け巡る

それは祖母のふるさと
深谷の夏祭りから帰る日の
太陽の照りつける利根の渡し
草いきれの中でうなだれる
月見草に見送られ
竿《さお》はゆるやかに対岸をめざす
水面に浮かんだ雲を追いかけ
岸辺に着くと
祖母はゆっくり立ち上がり
頬にかけた手ぬぐいの端をつまんで
小舟を降りる
懐かしい風景を見るように

何処からともなく香り立つ
梅の花の時節というに
もう開くことのない瞳の向こう側を
祇園囃《ぎおんばや》しの音だけが
宵闇《よいやみ》の風にのって通りすぎる

小春日和に

幼稚園の頃であったと思う
嬉しそうに声をあげて走り回る子供たちの声が
今でも聞こえてきそうな気がする

それは農業園芸センターの一隅に
木を刈り込んで作られた
山茶花《さざんか》の花咲く迷路であった
転げるように入り口に消えた子供たちの
視線上にはどこまでも
山茶花の花が優しくほほ笑み

時には両手をひろげて行く手を阻《はば》み
行きづまって見上げれば
空はどこまでも青く深く澄んでいて
子供たちはその青さに不安になり
「お母さん」と呼んでみる
少し離れた所に見晴らし台があって　そこから
「ここよ」と声だけで答えると
その声に励まされて子供たちは又走る
やっと探した出口
飛び出してきた子供たちは
不思議な安堵感に包まれて
「あらー」「入り口だー」と言っている
なんて素敵な魔法陣
初雪の便りも聞かれる頃
ほっとするような暖かな一日

ピンクと白の愛らしい花をつけて山茶花は
子供たちの上気した頬を見守っている

中学生になった子供たちは
山茶花の花と共に　小春日和の思い出を
今でも覚えているだろうか

ドラゴンフライ

帰国された方から
ドラゴンフライという
複眼を体験できる
おみやげをいただいた

小さな部屋を
ドラゴンフライで眺めてみると
一輪挿しの花なのに
まるでお花畑にいるようで
次にテレビを見てみると

秋葉原の電気街にいるような
錯覚を起こしそう
灰皿や本　電話機と
眺めていくうちに
楽しさを通り越して
頭の芯に疲れを感じてくる

昆虫は何故にこんなに
複雑に見える必要があるのかなと
思いつつ古畳に目を移すと
稲穂の実った田の上を飛ぶ
ドラゴンフライの気持になってきたから
不思議である
黄金の海から青空へと

鋭い上昇気流を感じて
一気に舞い上がる

流されまいとしばらくバランスをとって
やがて急降下してきたドラゴンフライ
その複眼《め》をよくよく見てみると
単眼の一つに懐かしい眼があって
他の無数の単眼の中には
億の眼を感じて　いつの間にか
巨大なドラゴンフライの複眼《め》と
地球が重なっている

不思議なおみやげを
いただいたものである

星になって

ほら　両手を横に
真っすぐ伸ばしてごらん
そして　足を開いてふんばって
顔を大空に向けてごらん
大きく息を吸い込むと
あなたは一個の星になる

はじめ　あなたは
あなたの大好きな色で輝きだし
しばらくして　内側に

あなたはあなたの知らない
懐かしい色の存在を知る
さらに　深く
群青色《ぐんじょういろ》の空を吸い込むと
あなたはあなたの中心から
黄金色に輝きだす

さあ　そこは
あなただけの宇宙ステーション
飛翔して
あなたは永遠の旅人となる

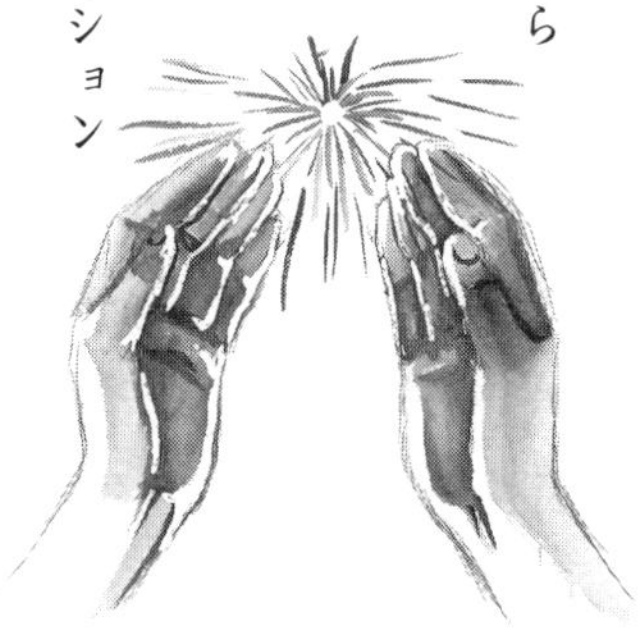

あとがき

子供の頃の自然に抱かれて育った風景が、今も心の中に息づいています。変わりゆく故郷の自然を惜しみつつ、いつしかそれは憂いとなり、加速度のついた発展は見えないその裏側で、地球規模での脅威となってしまいました。だからと言って失ったものを懐かしがってばかりはいられません。どうしたらいいのだろうと、深いため息をつくようにして「不定愁訴の地球」は生まれました。

詩は私にとっては、私の中の私から贈られた言葉、それは心の呟き、心のため息でもありました。それを形あるものにして下さった文芸社さんに、深く感謝いたします。特に、導き、支えて下さった田熊貴行さん、金井直子さんには心より感謝いたします。

また、装画を手掛けて下さった金子宙生さん、イラストを手掛けて下さった渡辺彰さんには、更なる発展を祈りつつ、感謝の気持ちを贈らせていただきます。

最後に、この詩集を手にとって下さった、あなたの中のあなたに、愛の念いが伝わりますように。

二〇〇〇年二月

広瀬由実

不定愁訴の地球

2000年6月1日　初版第1刷発行

著　者　広瀬《ひろせ》 由実《ゆみ》
発行者　瓜谷 綱延
発行所　株式会社 文芸社
東京都文京区後楽2-23-12 〒112-0004
電話　03-3814-1177（代表）
03-3814-2455（営業）
振替　00190-8-728265
印刷所　株式会社 フクイン

定価はカバーに表示しています。
ISBN 4-8355-0243-4 C0092